Sophie et le monstre sous le lit

Don Gillmor
Michael Martchenko

Texte français d'Hélène Pilotto

Éditions Sc

À Cormac, le vaillant explorateur
— D.G.

À tous ceux qui aiment danser au clair de lune
— M.M.

Catalogage avant publication de Bibliothèque et Archives Canada

Gillmor, Don
[Sophie and the Sea Monster. Français]
Sophie et le monstre sous le lit / Don Gillmor; illustrations de Michael Martchenko; texte français d'Hélène Pilotto.
Traduction de : Sophie and the Sea Monster.
Pour enfants.
ISBN 0-439-97463-1
I. Martchenko, Michael II. Pilotto, Hélène III. Titre. IV. Titre : Sophie and the Sea Monster. Français.
PS8563.I59S6614 2005   jC813'.54   C2005-902835-1

Les illustrations de ce livre ont été peintes à l'aquarelle et à la gouache sur du carton à dessin Crescent.
Le texte a été composé en Bookman Old Style, dans un corps de 18 points.

Édition publiée par les Éditions Scholastic, 175 Hillmount Road, Markham (Ontario) L6C 1Z7.

5 4 3 2 1   Imprimé au Canada   05 06 07 08

Sophie a peur de ne pas porter les bons vêtements pour l'école. Elle a peur des gros chiens, des chauves-souris, des orages et des tortues qui mordent. Elle a peur aussi d'égarer ses devoirs.

Elle se demande comment la lune tient dans le ciel et elle a peur de la voir tomber sur sa maison. Bref, elle a toujours peur de quelque chose. Mais plus que tout, Sophie a peur qu'il y ait un monstre marin sous son lit.

Au souper, son frère Charles lui dit :

— Sophie, j'ai entendu un monstre marin sous ton lit hier soir. Un gros.

— Quoi? s'exclame Sophie.

— Il n'y a pas de monstre marin ici, dit sa mère.

— À part ton frère Charles, dit son père.

*L*e soir venu, Sophie s'assoit sur son lit et essaie de rassembler son courage. Au bout de deux heures, elle se décide enfin à regarder dessous.

Il y a bel et bien un monstre marin caché là! Il est bleu et plus petit qu'elle ne l'avait imaginé.

— Aaaaah! crie Sophie. Il y a un monstre marin sous mon lit!

— Pas seulement sous ton lit, dit le monstre marin. Il y a des monstres marins partout.

*I*l se met à chanter.

Oh! c'est affreux
comme on est écailleux!
On a de la bave plein les babines.
On se cache sous les lits
et dans le fond des piscines.
On peut être longs et jolis,
ou bizarres et petits,
timides, drôles,
et parfois même impolis.

On peut être grands et boutonneux,
tristes et tout bleus,
ou simplement séduisants, mon vieux.
Ou encore bruns et méchants
(un genre qu'on voit rarement)
ou habillés comme des rois
(et pas trop propres, ma foi).

Sophie observe le monstre marin pendant qu'il chante. Elle se dit qu'il n'est pas très effrayant... et pas très bon chanteur non plus.

— Pourquoi vis-tu sous mon lit? lui demande-t-elle.

— J'aime le coin, répond le monstre marin.

— De quoi te nourris-tu? demande encore Sophie.

— De chaussettes surtout, dit-il. Une de chaque paire.

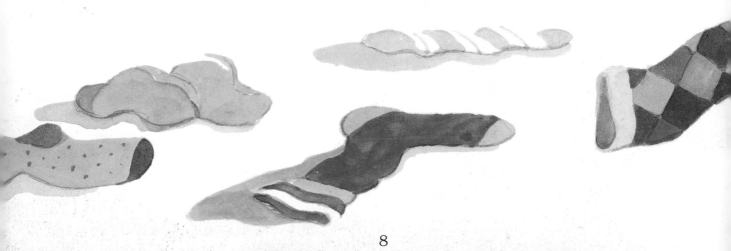

Sophie n'a pas vraiment envie d'avoir
un monstre marin sous son lit. Elle essaie de
le sortir de là, mais il s'accroche. Elle tire et
tire encore. Il s'accroche de toutes ses forces.

— Nooooooon! gémit-il.

— Tu as peur de sortir, dit Sophie.

— Pas peur.

— Très peur.

— Non.

— *J*e suis un monstre marin, dit-il. Je n'ai pas peur des autres. Ce sont les autres qui ont peur de moi.

— Pas moi, dit Sophie.

De sa cachette sous le lit, le monstre marin émet un affreux gargouillement de monstre.

— Va donc manger une chaussette, dit Sophie.

*P*endant un moment, tout est calme. Puis Sophie demande :

— Alors pourquoi restes-tu sous le lit?

— Eh bien, dit le monstre, il fait peut-être trop chaud dehors. Ou trop froid. Et puis, il y a des léopards. Des tortues qui mordent et des vélos. Et des fourmiliers. Sans parler de la lune : si elle me tombait sur la tête? Comment ce truc tient-il dans le ciel, hein?

Il regarde par la fenêtre et ajoute :

— Mais plus que tout, il y a des monstres marins.

— Mais tu es un monstre marin, dit Sophie.

— C'est vrai, dit-il.

— Ne devrais-tu pas vivre dans la mer? demande Sophie.

— J'ai peur de l'eau, répond le monstre. Et aussi des requins, des baleines et des anguilles.

*L*e lendemain soir, Sophie s'assoit sur son lit.

— Veux-tu lire une histoire avec moi?
demande-t-elle.

— Non, répond le monstre marin toujours
sous le lit.

— Il était une fois... commence Sophie.

Quelques minutes plus tard, le monstre
marin sort de sa cachette. Il jette d'abord un
coup d'œil prudent autour de lui, puis il se
décide à s'asseoir et regarde les images.

Lundi, Sophie et le monstre marin vont jouer au parc.

Mardi, ils prennent un bain.

Mercredi, ils vont en vélo au musée,
où ils voient des dinosaures et de la vieille
vaisselle. Ils goûtent pour la première fois
à des haricots rouges.

— Ouache! s'écrie le monstre marin.

— Ouache! dit Sophie.

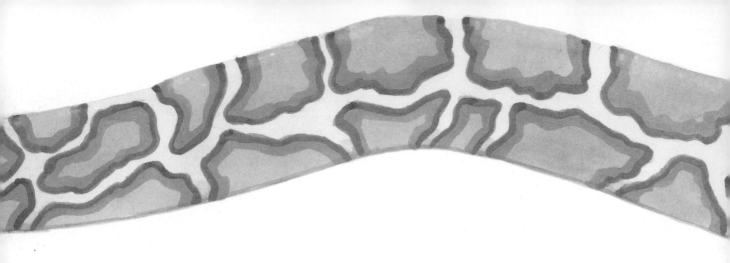

Jeudi, ils visitent le zoo, où ils voient des fourmiliers, des léopards et des tortues qui mordent. Le gardien montre un python et permet à tout le monde de le toucher.

— Ça alors! s'exclame Sophie en touchant le serpent (qui n'était pas visqueux comme elle le pensait).

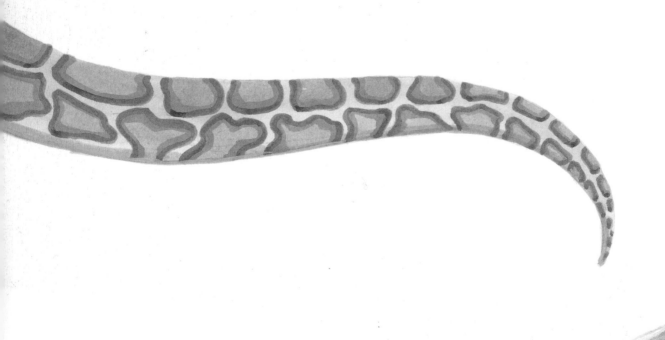

Ce soir-là, Sophie et le monstre marin sortent contempler la lune qui brille comme un ballon jaune, juste au-dessus d'eux. Ils descendent ensuite à la plage, où ils exécutent une danse en hommage à la lune. Ils se trémoussent, tournent, sautillent et se tortillent comme des petits fous, tout en chantant :

Nous savons que la lune, ce gros truc rond, est retenue au ciel par une ficelle...

Et tant pis si elle tombe du ciel
et s'écrase comme un potiron!

Au lever du soleil, le monstre marin entre
tranquillement dans la mer et disparaît.

Ce matin-là, au déjeuner, le frère de Sophie lui dit :

— Sois prudente en allant à l'école. Une énorme chauve-souris-croqueuse-de-fillettes rôde dans les parages.

— Ça tombe bien, répond Sophie. J'adore les chauves-souris!